BUSEKOW

EINE NOVELLE

CARL STERNHEIM

Herausgeber: Culturea (34, Hérault)
Druck: BOD - In de Tarpen 42, Norderstedt (Deutschland)
Website: http://culturea.fr
Kontakt: infos@culturea.fr
ISBN:9791041939633
Veröffentlichungsdatum: FEBRUAR 2023
Layout und Design: https://reedsy.com/
Dieses Buch wurde mit der Schriftart Bauer Bodoni gesetzt.

ER WIRT MIR GEBEN

Bei Anbruch des Tags Epiphanias hielt der Schutzmann im sechsten Revier, Christof Busekow, Posten am Schnittpunkt der Hauptstraßen seit vier Stunden. Anfangs hatte wie sonst das Bewußtsein, Ordnung und Sicherheit hingen von seiner einzigen Person ab, ihn zu höchster Dienstbereitwilligkeit aufgestählt; allmählich aber, da alles friedlich sich schickte, verlor seine Aufmerksamkeit das Gespannte und schwang zustimmend mit der Masse der Bewegenden und Bewegten.

Je näher Ablösung rückte, überwogen in ihm zwei Empfindungen. Es schien alsbald regnen zu sollen, und er fühlte vor, wie mit eingezogenen Schultern, auf dem Heimweg sacht auftretend, er Pfützen auf Steinen vermeiden würde; mehr als diese Vorstellung beglückte ihn des Kaffees Duft, der beim Eintritt in die Wohnung auf dem Tisch hergerichtet sein mußte. Nur noch von Zeit zu Zeit flog gesamte Energie in die Brille zurück und riß in flüchtiger Empörung Löcher in Gegenüberstehendes.

Dieser bewaffnete Blick packte nicht allein Passanten in Zivil; wie er aufflammend vorwärtsschoß, zwang er auch Busekows Kameraden zur Bewunderung, und sie empfanden: dieser schaut durch Tuch und Haube, er ist geborener Polizist.

Von einem tüchtigen Menschen war also die Schlappe der Geburt, Kurzsichtigkeit, zu einem Vorteil für sich umgebogen worden, wenn er, seiner Nichteignung für eine Aufsichtsstellung im Urteil zuständiger Instanzen gewiß, alle gesunden Kräfte von anderen Organen her ins Auge hochziehend, diesem hinter Gläsern so schneidigen Ausdruck verliehen hatte, daß die befugten Personen erklärten, sie erwarteten Besonderes von seinem scharfen Hinsehn. Er wiederum, besorgt, er möchte solche Hoffnung enttäuschen, wandelte, den Körper immer mehr vergewaltigend, im Lauf der Zeiten gesamte Barschaft an praller Muskelkraft und Fett in lauter Späh- und Spürvermögen um, bis seine Schenkel, die ehedem unter dem Sergeanten des fünfzigsten Infanterieregimentes gewaltige Tagmärsche zurückgelegt hatten, saftlos und schlapp ihn auf dem Posten kaum mehr hielten, und die einst vom Gewehrstrecken geschwellten Arme Lust leidenschaftlichen Zugreifens verloren. Da er aber für gewöhnlich unbewegt auf einer Steininsel zwischen zwei Fahrdämmen stand, und an dieser vom Verkehr belebten Stelle selten außer dem Auge auch des Gesetzes Arm gefordert wurde, blieb ihm dieser leibliche Mißstand verborgen.

Andererseits hatte er in letzter Zeit begonnen, das Kapital der Sehkraft, das im Bewußtsein reicher Mittel er ursprünglich an umgebende Welt vergeudet hatte, sachgemäß anzulegen. Er lieh Vorübergehenden nur noch insoweit Kredit auf seine Aufmerksamkeit, als er den einzelnen nicht kannte. Denn da der Platz in nächster Nähe einiger Großkaufhäuser und Banken lag, war des Publikums größerer Teil tagaus, tagein der gleiche, und nachdem Busekow in jahrelanger, unwillkürlicher Anteilnahme an jedem einzelnen dessen Erscheinung in sich aufgenommen, erwogen und beurteilt hatte, prägte von ihm jetzt nur mehr einen neuen Hut, Wechsel von Sommer- und Wintermode er sich ein.

Er stand dabei aber in umgekehrtem Verhältnis zu seiner Kundschaft wie der Bankier schlechthin, als dem Kunden, je länger er ihn kannte, und je mehr Beweise unbedingter Zuverlässigkeit ihm der gegeben hatte, er um so weniger vorschoß, während an einen, der zum erstenmal in seinem Gesichtsfeld erschien, er des Blickes ganze Barschaft wandte und, je unverläßlicher der Neuling sich darstellte, ihn um so bereitwilliger bediente.

Dank dieser Maßnahmen war es ihm letzthin einige Male gelungen, an Leuten, die andere Schutzmannsposten als harmlose Schlendriane passiert hatten, Merkmale versteckter Aufregung zu erkennen, sie durch Winke patrouillierenden Kameraden zu bezeichnen und zu erleben, daß sich die Betroffenen bei Prüfung als gesuchte Übeltäter herausstellten. Und so geschah es an diesem Morgen vor seiner Ablösung um sechs Uhr nur noch zweimal, daß scharf er zusehn mußte, erst als ein Omnibus gegen einen Milchwagen stieß — glücklicherweise konnte Busekows bloßer Wink die Lage entwirren — und dann, da in der Schar jener Frauen, die nächtlicherweise auf demselben Straßenstrich ihr Brot suchen, und deren jede ihm bis in den Saum des Unterrocks bekannt war, eine neue auftauchte: hochblond, aufgedonnert, mit einem Blutmal auf der linken Backe dicht am Mundwinkel.

Wie sie zu unwahrscheinlicher Zeit mit der Morgenröte zum ersten Male unangemeldet vor ihn getreten war, beschäftigte sie den Heimkehrenden, der, das innere Auge auf sie gerichtet, nicht spürte, wie es zu regnen begonnen hatte, und er stapfend Pfütze auf Pfütze trat. War es denn möglich, er hätte all jene Zeichen, die das Eindringen einer Konkurrentin in den Ring der auf jener Straße Privilegierten sonst ankündigten, übersehen, oder waren sie am Ende nicht gegeben worden? Und warum nicht? Galt sie ihren Schwestern wenig, schien zum Wettkampf sie nicht gerüstet, und durfte man mit Verachtung sie übersehen? Rief er sich ihre Erscheinung zurück, verneinte er die Annahme. Dem flüchtigen Blick — ein anderer würde ihr in ihrem Gewerbe kaum gegönnt werden — dünkte sie gefällig und wohlbereitet. Busekow, der sich über den Grund ihres lautlosen Auftretens auf seiner Weltbühne keine Rechenschaft geben konnte, ward befangen und kleinlaut vor sich selbst und betrat mit dem peinlichen Gefühl seine Wohnung, in dieser Nacht habe er dem Staat unzureichend gedient, den Platz, der ihm anvertraut war, nicht in völliger Ordnung verlassen. Irgend etwas treibe dort ein ungerechtfertigtes, den beschlossenen Gang der Dinge störendes Wesen.

Er schlürfte verdrießlich Kaffee und legte sich zu seiner Frau ins Bett. Zaghaft lüpfte er die Decke und, sich hinstreckend, nahm er eine Rückenlage ein; denn da, auf den Seiten liegend, er gewöhnlich zu röcheln und zu schnarchen begann, war ihm die anbefohlen worden. Wie in allen Dingen, die das Weib anordnete, suchte er den Befehl genau zu befolgen, und aus Furcht, im Schlaf möchte er Stellung wechseln, hatte er sich gewöhnt, beide Hände in die seitlichen Ritzen zwischen Bettlade und Matratze einzukrallen, durch welches Manöver tatsächlich erreicht wurde, daß er in gleicher Lage aufwachte, wie er eingeschlafen war. Auf welche Weise die Frau bald nach Beginn ihrer nun zwölfjährigen Ehe seine Unterwerfung unter ihren Willen durchgesetzt hatte, darüber hatte er nie nachgedacht. Er wußte nur, Abhängigkeit war bodenlos, ohne leisesten Trieb zum Widerstand. Selbst bei den ihm unliebsamsten Geheißen erschien sie ihm noch eine milde Gebieterin, da er in sich die Neigung ahnte, auch ihrem zügellosen Verlangen nachzugeben.

Es war aber einzig sein bedingungsloser Gehorsam, der die an sich Schüchterne allmählich fähig gemacht hatte, Wünsche ihm gegenüber zu äußern, später zu fordern. Und so entfernt blieb sie innerlich der Überzeugung wirklicher Macht, daß noch stündlich und bei jedem Anlaß sie erwartete, er möchte es endlich satt haben und kurzen Prozeß mit ihr machen. Denn sie war sich wohl bewußt, das einzig wirkliche Guthaben, das sie bei ihm besaß — jene kleine Summe, die die Sechsundzwanzigjährige dem Vermögenslosen einst in die Ehe gebracht —, mußte längst aufgezehrt sein, und weder geistig noch körperlich fühlte sie sich vor ihm begnadet.

Was den Leib anging, verbarg sie sogar seit Jahren schwere Schäden. Ohne daß sie Mutter geworden war, hatte Zeit ihr mitgespielt. Das einst volle Haar war zu winziger Schnecke auf den Hinterkopf zusammengeschrumpft, ihr Gesicht, das straffe Haut wohltuend gegliedert, hatte durch deren Nachlassen Löcher und Vorsprünge bekommen; heftiger aber bewegten sie ihre Brüste, die, zwei flache Teller, mit kaum noch gefärbter Warze von den bergenden Händen beim Auskleiden nicht mehr bedeckt werden konnten. Die zarte Scham, mit der Busekow über diesen Umstand abends und morgens hinwegsah, vergrößerte ihren Kummer und bewirkte, daß sie ihm einen harten Anruf zum Bett hinschickte, etwa: setz Wasser auf den Herd! oder: scher dich zum Kohlenholen!

Bei solchen Aufforderungen hatte den Mann oft verlangt, sie möchte ihre Empörung über die Unbill der Natur durch furchtbare Forderung an ihn etwa für sich ausgleichen. Wie sie zur ärmsten Magd Gottes herabgesunken war, dichtete er königliche Befehle in ihren Mund, sah sich in hündischer Demut in den Ecken stehen, Pfoten aufwartend gekrümmt. Und fürchtete, er habe um ein Großes sie betrogen, meinte das Kind, das sie von ihm nicht hatte, seufzte und fand sich vor ihr schuldig. Oft lagen sie sprachlos nebeneinander, mit nach oben gedrehten Gesichtern, geschlossenen Lids, daß keiner dem anderen das Wachen anmerke. Ihre Herzen klopften laut: Warum konnte ich sie nicht erfüllen? Was tönten meine Rippen nicht von ihm? Und wehmütig griff sie ihre Brüste; er fuhr die mageren Lenden herab, beide fühlten sich dürftig.

Den Betten gegenüber hing in Öldruck Martin Luther. Die Hand auf ein Buch geballt, machte er eine ausladende Gebärde. Beide Gatten hatten anfangs aus dieser Geste Mut zu holen gesucht, wollten sich erklärend anreden und die Kluft überspringen. Aber es gab zwischen jenem und ihnen keine Zusammenhänge. Schon begann alles in hoffnungslose Gewohnheit beschlossen zu werden. Man sparte an Blick und Ton füreinander, rief sich und antwortete in Hauptworten, denen verbindende Verben und Partikeln fehlten, um schließlich bei Begriffen, die man als bekannt und erwartet voraussetzen konnte, auch an Endsilben zu sparen. Die Augen wichen sich aus, man sah gegen Wände; Berührung wurde gefürchtet. Streiften bei einer Begegnung sich die Kleider, schoß beiden panischer Schreck ins Gebein, als hätten Allerheiligstes sie betastet. Die weibliche Seele war so voll Vorwürfen für ihn; er so voll Angst vor ihr, daß sie wußten, ein wohlgebildeter Satz jetzt, freundlicheren Lebens Gleichnis, hätte bis ins Mark sie erschüttert und vernichtet.

Also scheuten sie Güte, erzogen Hartes und Kantiges in sich und schlossen am Ende auf Grund rauher Regeln einen letzten Frieden, er, der Hingeschmissene, Unwürdige, Besiegte; sie, die Beleidigte, mulier virgo.

Wie er nun lag und ruhen wollte, brach Sonne schräg durchs Fenster und verwirrte seine Augen. Da er sich nicht wenden durfte, bedeckte er das Gesicht mit der Hand; doch schien Licht rot durchs Blut der Finger. Diese Wahrnehmung verwirrte ihn, als hätte des Umstands seines lebendigen Blutes er vergessen. In einer Aufwallung streckte er das eine Bein gegen die Decke, daß Wölbung über seinem Leib entstand, und lächelte. Es schien ihm aber gleich darauf, als neben ihm im Schlaf sie stöhnte, Gebärde und Lachen infam, und er begann, in Strahlen blinzelnd, alle Züge einer stetigen und zunehmenden Niedrigkeit aus seinem Leben zum Bild eines verworfenen und vergeblichen Geschöpfs zu dichten. Wie er in der Schule seines Dorfes schlecht gelernt, zum Hofdienst untauglich gewesen war und einst am Reformationstage in der Kirche, während die Gemeinde im Liede ‚Ein' feste Burg ist unser Gott' himmlische Andacht einte, des vor ihm singenden Mädchens Zopf ergriffen und an seine Lippen geführt hatte. Die Kleine hatte aufgeschrien, Nachbarn den Frevel bemerkt, und er war dem Pastor zur Bestrafung angezeigt. Der hatte ihn mit Wortschwall überwältigt und Mut der Jugend und Selbstbewußtsein für lange Zeit in Grund und Boden geschlagen. Eine Spur davon war erst nach langen Jahren wiedererstanden, als ihm, dem Unteroffizier, eine Dekade junger Burschen auf Gnade und Ungnade überantwortet wurde. Da hatte er den Schnurrbart hochgezwirbelt und sich einiger Flüche bemächtigt, die ihn vor sich selbst martialisch machten. Doch gelang es über ein geringes Maß nicht, da Wichtigkeit vom Kasernenhof in den Stuben bei Instruktion und Unterricht verblich, merkte er, wie im Auffassen des Vorgetragenen er hinter Kameraden zurückblieb. Im Verlauf von zehn Jahren hatte der Hauptmann einige Male zu ihm gesagt: Sie sind in Herz und Nieren königstreu, Busekow. Das ist eine Sache: Aber haben keine Verstehste. So wurde

Königstreue, die man ihm öffentlich zugestanden, fortan seines Lebens Richtschnur. Und als er einsah, eine Feldwebelstelle war ihm nicht erreichbar, er aber nur im Staatsdienst für seine positive Eigenschaft Verwendung hatte, gab er als Schutzmann sich ein. Bedenken gegen seine zunehmende Kurzsichtigkeit zerstreute er auf die geschilderte Art.

Da ihm seine Tugend jetzt einfiel, wurde die Seele einen Augenblick freier; schnell erleuchtete ihn jedoch Erkenntnis, wie wenig offiziell sie in seinem heutigen Dasein sei. Im Gegensatz zu jenem Hauptmann hatte seine Frau sie nie erkannt, in ihren Reden war sie nie erwähnt worden.

Ein elendes, nutzloses Schwein bin ich, dachte Busekow. Diese Frau weiht mir ihr junges Leben, ihren einst blühenden Leib, schöne Gaben. Alles habe ich vernichtet, nicht fähig, mir Anvertrautes zu pflegen. Was aber meine Königstreue anlangt (mit einem letzten Versuch, sich zu erheben, flüchtete er noch einmal zu diesem Gedanken), meine Hingabe an den Dienst — vor seinem Geist stand ein blondes, aufgedonnertes Frauenzimmer, ein Blutmal im befremdenden Gesicht. Da ergriff namenlose Trauer um sich selbst unseren Helden, und einschlafend verstand er seines Weibes Größe nicht mehr, die es vermochte, bei ihm auszuhalten.

Er träumte, in leerem Raum ständen sie sich gegenüber, nackt. Wie ihre Augen sich sengend ihm ins Gesicht bohrten, war er sie anzusehen gezwungen. Einen schauerlichen Leib erblickte er, wie Stöcke Beine, von Hautrunzeln bedeckt. Erbärmlich das übrige. Nirgends aber war noch der leiseste hüllende Flaum zu erspähen, und der Kopf glich einer polierten Kugel. Mit ausgestreckter Hand, die wie eine Kastagnette knackte, klopfte sie abwechselnd an sein gepolstertes Bäuchchen, den Schädel und krächzte dazu: Heuwanst, Heukopf! Und alsbald begann aus seines Mundes Öffnung er Stroh zu speien, bündelweis, ohne Aufhören meterweis. Sie lächelte giftig dazu, klopfte und knatterte: Heukopf, Heuwanst, Heukopf. In Schweiß gebadet erwachte er, war mit Ruck aus den Federn, und im Hemd ins Nebenzimmer stürzend, rief dröhnender, übernatürlicher Stimme er ihr zu: Ja, ja Elisa, ich bin ein Elender; wirklich ein Unfruchtbarer! Sie war nicht im Raum. Neben Butterbroten und einer Flasche Bier lag auf dem Tisch ein Zettel mit den Worten: Ich bin zum Kientopp. Wundre dich nicht. Geburtstag.

Und nun stellte er sich, während er zu kauen begann, ihre Freude im Lichtspieltheater vor und spürte, die tröstliche Stärkung, die mit dem Geständnis seiner Wertlosigkeit er hatte gewähren wollen, mußte ihr draußen stärker zuteil werden durch Bilder aus der Menschenkomödie, die sie mit Lachen und Weinen ergreifen würden.

Gegen sieben, seine Frau war noch nicht zurück, begab zur Polizeiwache er sich in den Dienst. Um Mitternacht bezog er Posten am Schnittpunkt der Hauptstraßen. Aber da es in Strömen regnete, gelang es ihm von allem Anfang nicht, die heroische Haltung, die er sonst besonders während der ersten Minuten seiner Wache vor einem vierarmigen Gaskandelaber einnahm, zu markieren. Im Gummiumhang, Schultern eingezogen, das Haupt gesenkt, sah er vielmehr, während Wasser an ihm niedertroff, recht kläglich aus. Zudem verwirrten hinter nassen Scheiben seiner Brille ihn rote, grüne und weiße Lichter der Fahrzeuge. Sich überhaupt bemerkbar zu machen, hob er von Zeit zu Zeit einen Arm und ließ ihn, ohne des Eindrucks inne zu werden, wieder sinken. Nur mit Mühe unterschied er den Aufmarsch bekannter Gestalten, die Frauen der Kaffeekellner, die ihre Männer abholten, Stammgäste der in der Nähe befindlichen Wirtschaften, den Mann mit dem fliegenden Streichholzhandel und, eine nach der anderen, die Nymphen der Straße. Dicht an die Häuser gedrängt, hüpften sie Schutz suchend an ihm vorüber, mit eingezogenen Flügeln Vögeln gleich, die, Land gewöhnt, ins Wasser gefallen sind und sich retten möchten. Sie schritten auf ihren bis zu den Knien freien Ständern über den

Fahrdamm und teilten ihre Aufmerksamkeit zwischen Wassertiefen, die sie durchqueren, und dem Wild, das, diesen Abend spärlich genug, sie jagen mußten.

Bei ihres namenlosen Elends Anblick hob Busekow am heutigen Tag zum erstenmal selbstbewußt den Kopf. Diesen da war er, wie man den Maßstab auch anlegte, doch tausendmal überlegen. Er dachte an seinen Traum und meinte, produziere als letzte Formel von sich er auch Heu und Stroh, sei das schließlich eine saubere Sache. Wie aber würde sich diesen in Träumen das Gleichnis ihrer ausgespienen Eingeweide darstellen? Und anderen, weniger verächtlichen, aber dennoch tief unter ihm stehenden Klassen, all diesem männlichen Gelichter, das an ihm vorüberstrich. Stand er hier nicht — Donner und Doria — doch am Ende für Kaiser und Reich, und sah alle Welt in ihm nicht einen tüchtigen Beamten? Als es aber heftiger vom Himmel goß und er tiefer in sich hineinkriechen mußte, erschien vor ihm wieder der Leib seiner Frau, wie er ihn heut im Schlaf gesehen, und Erde ward abermals wüst und leer.

Mit gedunsenem Auge stierte er in die Luft, einmal rechts, links einmal und geradeaus, als aus dem Gewissen plötzlich die Frage nach dem Verbleib jenes Weibes sich hob, das am Morgen er zum erstenmal erblickt. Gehörte sie von nun an für immer zu den Figuren, die vor ihm spielen würden, oder war sie nur wie zu einem Gastspiel auf dieser Straße erschienen? Dafür sprach das Verhalten der Kolleginnen, die ein einmaliges Kommen und Gehen zur Not dulden durften, dauernde Etablierung jedoch, wie er es in anderen Fällen erlebt hatte, mit Hohn und Gewalttat zurückgewiesen hätten.

Es schlug zwei Uhr morgens, als hinter einem jungen Menschen in aufgeweichten Lackstiefeln sie auftauchte. Zugleich aber sah Busekow eine lange Schwarzhaarige sie an die Schultern greifen und hörte, wie sie ihr zuzischte: Nicht an meinen Kleinen heran! und der Neuen Antwort: Nur sachte!

Schon sammelte sich auch ein Kreis erregter Frauenzimmer um die beiden und fiel mit schnatterndem Schwall im Chor ein. Man sah drohend aufgehobene Arme und Schirme. Da aber schleuderte Busekow allen Regen von sich, war mit zwei Schritten bei den Streitenden, und, Gewitter aus empörten Augen blitzend, herrschte mit erzener Stimme er die Auseinanderstiebenden an: „Keinen Streit, meine Damen. Weitergehen!"

Nur sie blieb ihm gegenüber. Sekundenlang sah er in ein erschrockenes Gesicht und trat dann an seinen Platz zurück. Irgendwo straffte eine Sehne sich an ihm. Der Blick, den sie von jetzt ab bei ihrem allnächtlichen Erscheinen ihm zuwarf, strahlte vor Dankbarkeit. Er entzog sich ihm nicht, empfing ihn als seines öden Lebens Zuckerbrot. Und als er Nacht- mit Tagdienst tauschte, war des Bedauerns Gefühl, diesen Blick in Zukunft entbehren zu sollen, groß. Doch kam sie schon am zweiten Tag die Straße herauf an ihm vorüber, und da geschah es, daß, ihren Gruß erwidernd, er ein wenig das Haupt neigte.

Schnell spannen sich zwischen ihnen die Fäden schlichter Vertraulichkeit. „Mir geht es immer so, bin immer die gleiche," sagte etwa ihr Blick. „Stehe hier für Kaiser und Reich," rief er zurück. Monatelang. Bis eines Tags, vom Dienst heimkehrend, er sie streifte, die in einem Haustor stand.

„Keinen Auflauf bilden, Fräulein," meinte er witzig und lächelte. Sie senkte den Blick vor ihm. Meinte er, Samtenes schlage Flügel, und verwirrte sich bedeutend.

Ein andermal, da er an einem Urlaubstag gegen Abend spazierte, traf er sie und ging ihr nach. Sie trat in einen Flur, sah sich nicht um. Er folgte, stieg Treppen hinter ihr hinauf, schlüpfte in einen Korridor, den sie aufschloß, und dort im Dunkeln standen sie sich gegenüber, ohne daß ein Wort fiel. Nur Atem blies, Augen glühten sich an. Berührung wurde nicht gewagt. Schließlich lehnte sie sich, Halt suchend, gegen die Wand, er, schräg an sie gebeugt, schlang in alle Öffnungen ihres Leibes Hauch. Beide wankten. Sie fiel zuerst. In schmerzlich süßer Lähmung blieb ihr ein Knie erhoben und reckte den Schoß auf. Wie ein stürzender Felsblock senkte er sich ein.

Auch späterhin war kein Wort gefallen, da er losgebunden von ihr schwand, blieb sie am Boden hingenagelt. Geschlossenen Auges lächelte sie; ihr Atem ging wie feine Musik aus ihr, und in rhythmischen Abständen zitterte der Leib.

Acht Tage später wieder frei, begab er sich unter dem Schutz der Dämmerung zu ihr. Da er an die Tür klopfte, öffnete sie und zog ihn gegen ein erleuchtetes Zimmer, in dessen Mitte, dem Klavier gegenüber, ein gedeckter Tisch stand. Busekow hörte des Wasserkessels Summen, roch eines Kuchens Duft und sah in weißen und gelben Farben Blumen gebunden.

Sie blieb aufrecht vor ihm, legte einen Arm um seinen Hals und strich mit der anderen Hand ihm Haar aus der Stirn. Dabei hing ihr Blick in seinem. Ein Wort wollte er sagen und vermochte nichts, lächelte sie und bewegte verneinend den Kopf. Plötzlich lief zischend der Kessel über. Sie ließ den Mann und war mit zwei Schritten am Tisch, hob das kupferne Gefäß, schwang es gegen die Kanne und ließ heißes Wasser in sie stürzen. Verharrend folgte er der Bewegung. Wie sie goß, zuteilte, zurechtstrich und schließlich winkte. Da setzte er sich zu ihr ins Sofa.

Überstürzte Frage und Antwort schwirrte. Alles Wie und Was ihres heutigen Lebens saugten sie in sich hinein, stürmisch verständigten sie sich über Gelände und äußere Grenzen ihres Glücks. Und als nirgends jählings der Abgrund auftauchte, der augenblickliches Halt rief, war mit ihnen ein einziges Glück. Sie hatte beide Arme erhoben und saß mit aufgerissenen Augen stumm wie eine Schreiende. Er hieb die geballte Faust in den Tisch.

Da später Dunkelheit und des Bettes Decke schützend über ihnen ruhte, nahm sie zuvor plötzlich seine Hände, faltete sie ihm auf die Brust und hauchte an sein Ohr: „Vater unser, der Du bist im Himmel" und murmelte weiter. Er aber erschrak und schämte sich, weil heute und sonst Gebet ihm fern und fremd war. Doch bewegte er die Lippen und stellte sich, als folge er ihr in jeder Silbe. Trotz seiner Lüge wurde auch des Gebetes Sinn in ihm erreicht, denn Ruhe war an Stelle brennenden Verlangens getreten, als er jetzt seinen Arm um sie legte, Glied an Glied zart fügte und reinen Atem aus seinem Munde auf sie herabwehte. Sie hielten sich erst schwebend und wie aus Erz gegossen. Noch spürte jeder den eigenen festen Umriß und die verhaltene fremde Person.

Da rief sie „Christof", und zugleich sah ihres Auges Blau er sich verschleiern und verschwinden; rund quoll Weißes über den ganzen Ball. Und zum andernmal erschrak er vor ihr und wußte nicht, wie sich in Einklang mit ihr bringen. Bebend stieg er in sein Innerstes nieder und brachte Konfirmationstag und seiner Mutter Sterbestunde herauf. Aber auch so versehen, holte die Seele der vor ihm Ausgebreiteten er nicht ein, und seine Anker griffen nicht ins Mutterland der Hingegebenen.

Doch schmolz viel harte Schale an ihm. Schon wurde mancher Zelle Kern erweckt und goß sich in den Kreislauf der Säfte. Und jede Welle Leben, die er in sie schickte, kam als brausende Sturmflut in sein Blut zurück, die Schutt und Asche fortriß, bis schließlich, an des Lebens Nerve donnernd, sie ihm den Mund zu hellem Ruf aufspreizte. Da, während er gegen die andere Wand des Bettes zurückwich, verklärte himmlischer Schein des Weibes Gesicht.

Er erfuhr von Gesine, Vater und Mutter habe sie früh verloren und Ernährerin jüngerer Geschwister sein müssen. Emsig verglichen sie ihr Kinderleben, freuten sich, dieselben Spiele gespielt zu haben, und als beide ihre Vorliebe für die gleichen Speisen in jener Zeit entdeckten, waren sie noch glücklicher. An diesem Tag blieben sie ganz närrisch ihrer Jugend hingegeben. Eltern, Brüder und Schwestern lernten sie gegenseitig kennen, Haus und Hof und Knecht und Vieh. Vom Getreide sprachen sie, von Saat und Frucht; wie der Dung am besten in die Scholle gebracht würde, und was es der Freuden und Verlegenheiten bäurischen Volkes mehr gibt. Erst als auf ihren Glauben sie zu sprechen kamen, und Gesine ihm ihre katholische Religion bekannte, ergriff beide Scheu voreinander, und Fremdes stieg zwischen ihnen auf. Der märkische Protestant brachte aus der Kindheit so feindseligen Begriff dieser Lehre, die er nicht kannte, mit, sie war ihm als etwas so Götzendienerisches, deutschem Wesen Fernes hingestellt worden, daß er die junge Frau neben sich plötzlich mit der Neugier, die man an ein wildes Tier wendet, besah. In diesen Augenblicken war von dem fanatischen Haß seiner Mutter gegen andersgläubige Christen in ihm, seiner Mutter, die vor der katholischen Magd des Nachbarn ausgespuckt und behauptet hatte, diese verhexe dem Armen Familie und Gesinde.

Als Gesine wieder nach ihm griff, wich er beiseit, trat ins Zimmer zurück und schickte sich eilig zum Gehen. Und da ihr Antlitz mit den weißen Augäpfeln wieder vor ihm erschien und manches Seltsame, das er sich nicht hatte deuten können, brachte er's mit ihrem verdächtigen Bekenntnis in Zusammenhang und entfloh mehr, als daß er ging.

Doch war ihres Leibes Eindruck schon zu bedeutend gewesen; von Stund an, wo er stand und ging, verließ ihn ihrer Liebkosung Gefühl nicht mehr.

Den nächsten Urlaubtag verlebte er mit seiner Frau. Schuldbewußtsein hielt ihn an ihrer Seite. Doch vergrößerte er es tagsüber nur, kam ihm bei keiner ihrer Bewegungen die entsprechende seiner Geliebten aus dem Sinn. Da er sich aber abends niederlegte, und sie, sich entkleidend, ein Päckchen Wolle unter dem Haarknoten hervorzog und auf den Tisch legte, war plötzlich alles Mitleid, das ihn bis dahin stets um sie bewegt hatte, dahin, und er lächelte spöttisch. Ihr Körper, den beim Schein der Lampe er durch das Hemdtuch umrissen sah, erregte tolle Lachlust in ihm. Wie sie mit ihren mageren, ein wenig nach innen gekrümmten Beinen von einer Tür zur anderen trat, er nicht eine gefällige Linie an ihrem Leib sah, schlug stürmische Scham über sie ihm in die Stirn. Zum erstenmal in seiner Ehe stand Trotz in ihm auf, und aus ihrer Dürftigkeit gewann er große Rechtfertigung für sich. So blieb auch ihr heute oft wiederholter Vorwurf, die Kameraden im Revier sprächen von einer Zunahme seiner Kurzsichtigkeit, sie aber glaube nur an gesteigerte Teilnahmslosigkeit und Faulheit, so gut wie ungehört. Im Gegenteil trat er am anderen Morgen mit wuchtigerem Schritt als sonst beim Barbier ein, hatte hier schon unter der Serviette das Gefühl gesteigerter Bedeutung und empfand sein Bild, wie es heut im Sonnenglanz im Rock von Blau und Silber prangen würde, als körperliche Wohltat. Und wer ihn an dem Tag auf Posten gesehen hat, muß das Gefühl mitgenommen haben, in dem Manne geht Veränderung vor sich. Unablässig trat er auf seiner Insel hin und her, ließ es nicht beim Insaugefassen Vorübergehender, sondern bewegte einige Male sich hilfebringend auf eine geängstigte Frau, ein verwirrtes Kind zu. Er hob auch Stimme zum Kommandoton, schob die eingesunkene Brust in die Luft, rührte fast unablässig weisend und richtend beide Arme. Kurz, er war ein froher, zugreifender Schutzmann und gab dem Leben an dieser Stelle der Erde munter Bewegtes. Wäre es angegangen, hätte für einen Bettler, der vorbeischlich, er in die Tasche gegriffen. So mußte er sich begnügen, für den Hinkenden einen Augenblick den gesamten Fahrverkehr zum Stehen zu bringen und ihm einen Übergang über den Straßendamm zu schaffen, wie ihn sonst nur die höchsten Personen genossen. Der Bettler grinste und winkte mit der Hand einen Gruß, Busekow lachte fröhlich auf. Als Gesine erschien, erhielt seine Haltung vollends etwas Heldisches. Er flog und wippte auf Draht, schlug mit der Linken einen mächtigen Bogen gegen nahendes Vehikel, und der Platz hallte von seiner Stimme.

Gleich darauf riß er vor einem passierenden General die Hände stramm an die Hosennaht, rührte den Kopf so jugendlich auf, daß die Exzellenz wohlwollend nickte. Von ihm fort aber sandte er Gesine über alle Köpfe einen strahlenden Blick zu, der ihr kündete: Du mein geliebtes, mein angebetetes Leben!

Er kam wieder zu ihr, und von Mal zu Mal wurden sie mehr eins. Mit gelassenem Behagen gaben sich die Körper dem Gefallen aneinander hin, als sei ihnen für alle Zukunft gegenseitiges Begehren gewiß. Mit immer frischem Appetit setzten sie sich an den Tisch ihrer Sehnsucht, aßen und standen erst leicht gesättigt, das Herz von Dank für den Schöpfer gefüllt, auf. Auch in Gesprächen vermieden sie die Grenze des ihnen Faßbaren, sondern gaben sich Rechenschaft nur über ihr täglich Leben. Insbesondere drang Gesine in seines Dienstes Wesen völlig ein. Bald war ihr Reglement und Praxis innig vertraut, und sie erörterten manche Möglichkeit an Hand eines älteren Rapportbuches, in das Vorfälle und Schuldige er aufgezeichnet und das er ihr zum Geschenk gemacht hatte. Mit scharfem Instinkt griff sie menschlich besonders packende Dinge aus ihm heraus und führte sie, Herz und Überlegung an sie hingegeben, aus des Zufälligen Bereich zum symbolisch überhaupt Gültigen auf, erfüllte ihn allmählich mit der Überzeugung, wie an seinem Platz mit tausend Fäden er ins innerste Menschentum verflochten stehe, und gab ihm bedeutendes Bewußtsein von seines Amtes Wichtigkeit im allgemeinen. Darüber hinaus aber suchte sie ihn auf jede Weise von seiner besonderen Eignung für seine Stellung zu überzeugen. Wie ihre Schwestern auf der Straße niemandem so unbedingte Achtung zollten wie ihm, die Kameraden, das wisse sie aus manchem Mund, seiner Laufbahn gewiß seien. So daß, von ihr erhoben und süß geschwellt, er gelobte, Säbel und Revolver demnächst mitzubringen und ihr sämtliche Griffe und Manöver an ihnen zu zeigen.

Er hielt das Versprechen. Unter dem Mantel brachte er beides, und während sie vom Sofa aus ihm zusah, übte er vor ihr mit so machtvollen Tritten und Ausfällen, daß des Zimmers Boden dröhnte, Gläser klirrten und die Gardine flatterte. Ihr aber war der Blick verklärt, und als er zwei Angreifer mit glänzender Säbelparade in die Schrankecke, aus der sie nicht entweichen konnten, geschlagen hatte, flog grenzenlos hingegeben sie ihm an den Hals. Da hatte Busekow zum erstenmal im Leben seiner Notwendigkeit Gefühl zur Evidenz.

Dies Bewußtsein äußerte sich sogleich im Dienst. Mit Sicherheit der Ereignisse Gang gewissermaßen voraussehend, griff er auf der Straße in des Geschehens Speichen. Im Revierdienst begann er sachkundige Vorschläge zu machen. Zu einer wichtigen Frage gab er so einleuchtenden Rat, daß der Polizeileutnant ausrief: Dieser Busekow — einfach fabelhaft!

Und man begann, ihn mit wichtigen Posten zu betrauen. Bei Fürstenbesuchen gehörte er zur Bahnhofsmannschaft. So sah er manch außerordentliche Szene, durch Anschauung wurde sein Leben reicher, er überlegen. Sie hörte nicht auf, das von ihm Mitgeteilte sinngemäß in seines Daseins Gang einzuordnen.

An Kaisers Geburtstag hatte einer für den anderen wichtige Mitteilung. Er war zum Wachtmeister ernannt. An sein Ohr hinsinkend, gestand sie Mutterschaft.

Von Erspartem lebend, war sie schon seit Wochen ihrem Beruf fremd. Da die Überraschungen an dem Tag waren, faßten sie sich bei Händen und ließen des Einverständnisses Glück in Blicken sprechen. Dann aber, über alles bisher gemeinsam Erlebte hinausgehend, griff selbsttätig er in ihr Persönliches und forschte nach ihrer Innerlichkeit. Welche Hoffnungen und Entwürfe für das Zukünftige sie bewegten, ob sie es mit ihm nur oder mit Höherem verknüpft glaube, wie das Göttliche denn ihr vorschwebe; kurz alle Fragen stellte er, die sie, die Frau, einst angerührt und schnell verlassen hatte, da sie seiner Seele Zustand erkannt hatte.

Sie jedoch, leicht fröstelnd, auch leicht erhitzt, bebte jetzt in ihren Gliedern über seine Fieber und schwieg. Tiefer drückten seine Finger sich in ihr Fleisch, dringender wurde Rede, und leichter Schaum erschien auf den Lippen. Doch während rote Sonnen in ihrer Stirnhöhle drehten, kam kein Laut Antwort von ihr. Sie ließ ihn sich erschöpfen und diesen Abend ohne Aufschluß von ihr gehen.

Nun aber klopfte ihm auf dem Heimweg stürmisch das Herz vor dem Wiedersehn mit seiner Frau. Da durch Gesines Eröffnung seine Manneskraft bewiesen stand, wurde dieses Weibes Hauptbuchseite ihm gegenüber zu einem Blatt der Schuld. Gelogen ihres Daseins Überlegenheit, ins Gegenteil verkehrt. Eine Handvoll Sand war sie; kein Gott machte sie trächtig; er aber, wohin er seinen Finger legte, mußte erschaffend sich beweisen.

Ein prachtvoll großer Haß blies durch den Mann und ließ ihn wie ein schreitendes Denkmal sein. Wäre sie ihm da gegenübergewesen, wie Föhn hätte ein Hauch von ihm ihre Eingeweide bloßgefegt, zarteste Handlung sie zertrümmert.

Doch starb Erbitterung an ihrer eigenen Kraft und Überzeugung. Da nicht der geringste Einwand ihr gegenüberstand, von seiten des Weibes kein Aber zu erdenken blieb, war Elisa aus Wirklichkeit, in der sie bis heute einzig durch die Kraft eines zu Unrecht vorgetäuschten Zornes gelebt hatte, plötzlich ausgelöscht, und es begann Erinnerung von ihr nur noch in ihm zu leben. Je näher Busekow seinem Hause kam, wurden die Gefühle der also in ihm Hingeschiedenen gegenüber, wie für Tote überhaupt, weicher, und als er ein Amen über ihres Lebens Grab sprach, erschien sogar ihr Bild, wie sie im Hochzeitskleid, eine Rose auf der Brust, einmal jung in seinen Arm gekommen war, freundliche Erinnerung heischend vor ihm.

Er hob die Hand und winkte einen Abschiedsgruß. Trat bei sich ein, entkleidete sich halbgeschlossenen Augs, legte sich neben sie und nahm ihrem in ihm nun vollendeten Abscheiden zu Ehren im Bett die gewohnte Rückenlage ein.

Sie aber, empfindend, in diesem Mann habe höhere Einsicht gegen sie entschieden, zog unter der Decke das Knie an die Brust und fürchtete sich sehr.

Und wie sie das klare Bewußtsein ihrer Schuld verabscheute, mußte sie doch in dieser Nacht schon einigemal ihm in die Augen sehen, wie es laut kündete, was sie heimlich oft schon aus sich selbst empfunden: In allem Wesentlichen, von Gott Gegebenen und Hinzuerrungenen ihm hintangestellt, wagtest frecher Stirn du eure Ansprüche aneinander derart zu fälschen, daß in betrügerischer Untreue du aus seinen Mitteln zu deinen Gunsten schöpftest und es dennoch darzustellen wußtest, als bliebe er dir schuldig. Und in der Zukunft ward ihr auch bewußt, wie ihr Verbrechen an ihm größer war, als daß es auf dieser Erde noch getilgt werden konnte.

Immerhin kann dies zu ihrer Entlastung berichtet werden. Entschlossen zog sie aus der Erkenntnis jede Folge. Demütigte, unterwarf sich und hörte fortan auf seinen Atemzug als einzigen Laut in der Welt; lag nächtens seinem Antlitz zugewandt in bewundernder und gerührter Unterwürfigkeit. Seine gekrallten Hände aus den Bettritzen hochzuziehen, wagte sie ehrfürchtig nicht. Seufzer, Geständnisse, Versprechen und scheue Küsse hauchte sie viel gegen ihn hin, doch blieb ihm alles, Leid und Geste, verborgen.

Für ihn — und es kam auch die Nacht, in der Elisa es begriff — war sie nur noch Kunde von sich selbst. Andenken, Leichenstein.

Gesine empfand alsbald, nun sei mit Christof ihr das letzte Heil gekommen. Da er wieder zu ihr trat, war aus seiner Gebärde alles menschlich Befangene geschwunden, Gegenstände und sie griff er mit großer Machtvollkommenheit und wußte aus befreiter Natur Allerselbständigstes. Die Stimme fand aus den Ecken größeren Widerhall, ihr selbst schlug jedes Wort von ihm durchs Trommelfell an die Herzwand. So zögerte sie nicht länger und legte sich frei. Entschleierte ihr Gewissen und ließ seinen Blick in innere Kanäle. Er las berauschte Frömmigkeit. Vom Schöpfungstag angefangen lag Gott mit allen Wundern in dieses Weibes Leib. Zu den Bildern, die aus ihr strahlten, begannen die Lippen, ihm herrliche Gleichnisse zu stammeln. Alle Texte der Schrift hatte sie aufgefangen, mit Blut genährt und lebendig gehalten. Es stiegen aus ihr Adam und Abraham zu ergreifendem Licht. Als von Saul und David sie zu sprechen begann, begriff sie, von Gnade beweht, die männlichste Tragik, und da ihre Stimme pathetisch heulte, trieb es sie beide von der Matratze hoch. Auf Knien gegen das Fenster gewendet, parallel beieinander hochgerichtet, tranken sie jedes schallende Wort. Ihr waren die Brüste beseligt aufgestanden, auf seinen Schenkeln spreizte sich jedes Haar. Die Brille fiel ihm vom Ohr und hing quer über das lefzende Maul.

Nasse Wärme quoll aus den Körpern, ganz eng hämmerten sich Atome aneinander, und die Glieder waren geballt. Gesines Scheitel schien feucht und hell beleuchtet.

Schon hub mit Rede Christof in ihre hinein. Wie glühende Stahltropfen fielen Silben auf ihre Satzenden. Gebell blieb es mehr als daß Verständnis zustande kam; doch half es ihr zu voller Ekstase. Rasend alsbald schrie das Weib die biblischen Namen, und so befeuerte sie des Geliebten Hingabe, daß ihre Glaubensmacht die Wände der Beschränkung brach, und sie den letzten Sinn alles Geschriebenen bloßlegte.

Wie in starker Musik, im Spiel vermischter Themen der musikalische Leitgedanke nicht verloren geht, so übertönte in ihrer Darstellung Davids Name alle Harmonien des alten Testaments. Und es gelang Gesine, das Vermächtnis hingegangener Jugendgenerationen in aufstehender Gestalt als Jesus in Marias Schoß zu pflanzen, daß Christof, von Davids heldischem Reiz befangen, ihr willig in den Kult folgte, den sie um den fleischlichen Leib der Mutter als der Erhalterin und Wiedergebärerin erlauchten messianischen Samens exekutierte.

Ihre aufgesperrten Finger hatten sich verflochten. Die Schädel, Knochen an Knochen sanken als gleiches Gebein in die Kissengrube.

In jenen Augenblicken, da sie Marias Begegnung mit Elisabeth erzählte, bei diesem Satze: und es begab sich, als Elisabeth den Gruß Marias hörte, hüpfte das Kind in ihrem Leib — als unter ihnen das Lager rollte, und ein Sausen in den Lüften war — brach die schließlich geflüsterte Rede sie ab, zog des Mannes Finger auf ihren Bauch, und sie fühlten beide, siehe — es hüpfte das Kind in ihrem Leib!

Und Blicke flogen auf über das rhythmische Spiel der Glieder, und von Himmeln fernher mit Stolz sich anstrahlend, beteuerte jedes und stellte fest das hocheigne Teil, sich selbst zu diesem Wunder. Dann warf es sie Rippe zu Rippe.

Moses und David, Jesus und alle Helden des Buches war Christof in dieser Nacht. Es strömte aus ihm heroische Männlichkeit von Jahrtausenden. Sie nahm hin und schmeichelte ihm hold, daß keine Kraft aus seinen Lenden wich, und er übermütig und hochgemut blieb bis zum Morgen, als sie in leichtem Schlummer verzaubert hinsank. Da riß er sich von ihr, reckte die Brust in den Tag und fand sich ans Klavier. Hingezogen von Gefühlen, suchend und hochreißend aus Erinnerung, drückte mit einem Finger er in die Tasten: Heil dir im Siegerkranz. Und alsbald mit

Stimme folgend, mächtig und mächtiger anschwellend, variierte er über beiden Pedalen vom Baß bis in den höchsten Diskant — da erklang es ihm selig:

Heil dir im Siegerkranz

Fühl in des Thrones Glanz

Die hohe Wonne ganz

Heil Kaiser dir.

Gesine spürte im Schlaf: So ist mir's recht, Christof. Wohl, recht — wohl.

Am Abend dieses Tages, man schrieb den fünfzehnten Februar, leitete Busekow vor dem königlichen Theater der Wagen Auffahrt. Aus seinem Glück war er nicht erwacht. Durch das dichte Netz von Klang- und Taktreizen, das aus der letzten Nacht noch um ihn hing, drang Gegenwart nicht in sein Bewußtsein. Es schüttelte ihn eine liebliche Erinnerung um die andere; auf Fersen hob er sich, seines Körpers Ausmaß zu verlängern, und stammelte vor sich hin. Dann plötzlich, als ein Rufen in der Menge scholl, hob ihn Begeisterung gegen die Wolken. Er weitete, füllte sich und schwebte auf. Er wollte rechts und links mit sich nehmen und mußte aus einem Jauchzen heraus, das ihn mit Entzücken aufspannte, stürmisch vorwärtsschießen. Man sah, wie Arme er mit herrlicher Gebärde gen Osten reckte, hörte aus seinem Mund einen siegreichen Schrei — und hob ihn unter dem Automobil herauf, das sanft anfahrend, ihn schnell getötet hatte.

ENDE